U0023033

當生命遇見時
一次生命成長的邀請
When Life has Met:
One Invocation of Life's Growth

楊政學◎著

序言

　　《當生命遇見時》是我在從事學術性著作撰述外，試著出版的第一本非學術性作品，是因著那一份自己生命遇見的感動，亦是因著那一股生命分享的觸動，讓我萌起將這兩多年來生命學習的心得與生活體會的看見，透過自己不是很純熟的文筆記錄下來，藉以跟有緣的讀者分享自己生命的遇見。這本文集是一個緣分，亦是一次邀請。

　　生命的因緣在老天的安排下，帶著我遇見圓桌教育學苑的教師營公益課程，同時亦開啟我學習如何使用生命的旅程。這兩年多下來，不斷在自己的生活中去驗證課堂的學習，去瞭解生命是實踐做到的，而不是用想

像構築的。這本短文集特別將自己生命的遇見，依：「學習」、「改變」、「轉念」、「接受」、「交換」、「修正」、「付出」、「願意」、「捨得」與「智慧」等十個主題，來分享自己身上的生活學習與觀察心得。

　　這本文集的到來，其實是許多人背後的成全。首先，感謝圓桌教育學苑江老師與王老師的教導，沒有兩位老師的啓蒙與智慧，自己的生命不會有現在的瞭解。其次，是生命歷程中所有發生的因緣，不論是自己喜歡的或不喜歡的人與事，都是老天最好的安排，原來生活才是自己真正的老師。最後，要感謝這本文集出版背後的工作團隊，沒有這團隊的用心與協助，是無法看見這本文集的到來。

　　想去集結自己的生命學習與經歷瞭解，是希望透過這本文集去分享這一份感動、去傳播這一份愛，這亦是這本文集真正想要出版的動機。這本文集是圓桌課程的教導與心得，是生活發生的反省與看見，也是生命學習的提醒與實踐。感謝揚智文化事業股份有限公司的信任，願意協助出版與經銷這本不同於教科書性質的文集。

　　希望自己這一份單純的出版動機，能夠讓字裡行間的生命分享，真正能去感動更多有緣分的讀者。我自己只是圓桌兩位老師，以及生活中諸多因緣老師的一個「工具」而已。因此，這本文集真正的到來，應該歸功於這些老師們的成全，我頂多只能說是一位認真的「僕人」，盡力將這些生命的看見與智慧，分享給有緣翻閱這本書的讀者。

　　生命的遇見就已經得到，接受自己是修行的起點。這本文集想邀請妳分享128則生命的感動，共同學習如何使用自己，發揮生命更大的能與用。

　　我深信生命的遇見會一直持續不斷，而自己的學習亦會一直下去。最終亦只是瞭解到：要能在生活中，去接受、去實踐、去驗證、去修正，最後生命亦只是回歸「自然會好」的美好狀態。行筆至此，生命只是完全接受，也只有感謝付出。請接受我的邀約，讓我們一起進入、相互學習、共同分享。

楊政學　謹上

竹東‧浮塵居

2006.2

CONTENTS

目錄

人生其實是一個不斷去除自我的過程，
經歷到最後，生命剩下的唯一動機是：
願意學習並能修正，最終人自然會好；
希望助人且能付出，最後事終究會成。

學習

學習當一根柱子

在校園的課堂上，時常感覺到：

學生來到學校學習的動機薄弱。

所以我經常利用第一次的見面，

花些時間來跟修課學生做溝通，

讓她們可以感受得到：

來學校學習背後的那一份意義與責任。

一個對其週遭生活絲毫不感興趣的人，

她生活的學習成效幾乎是完全停頓的。

反之，愈是容易感動的人，

愈是能夠快速學習，而且學習成效愈是明顯。

今天的妳感動了嗎？

如果還沒，趁現在趕快讓自己感動一下。

記得要努力為自己的日常生活，

添加些值得感動與回憶的因子。

學習的最終還是期許：

自己能更加扮演好「柱子」的角色，

更加有能力去守護、去成就，

生命歷程中的一切有緣眾生。

舒適的環境，必有樑柱支撐

一間教室內最不起眼，但最重要的就是柱子，

沒有柱子的支撐，就不會有教室空間的存在；

年輕時候家裡的支柱原來就是父母親，

但卻常常被為人子女的我們視而不見；

總認為父母親不管我們如何對待他們，

他們一直都會在，需要的時候父母親就會在。

直到有一天家中柱子倒了，

我們才驚覺原來家裡真得有柱子存在，

我們亦才有安定圓滿的日子可以度過。

現在的妳，

是不是正在學習當一根家庭支柱呢？

不論在自己的家庭或是組織部門中，

請記得當一根稱職的柱子，

撐起一片讓人舒適的天地。

所謂在生活中，

對「任何舒適的環境，必有樑柱在支撐」的瞭解。

讓自己有感受的學習

生命學習的方式，有兩大類型：

一種是「有意識」的學習，

是學校或職場所要教給我們的；

是讓自己知道得更多的方式，

是一種所謂生命「量變」的結果。

一種是「潛意識」的學習，

是老天或生活所要教導我們的；

是帶自己做到得更好的方式，

是一種所謂生命「質變」的結果。

對於有「意識」的學習方式，

只要不斷「重複」即可以「知道」；

而對「潛意識」的學習方式，

則要有所「感受」才可以「做到」。

知道多少，眞得不重要

生命學習的效用，亦有兩種呈現：

一種是「有意識」的學習，

往往是「知道但做不到」的情境，

是一種所謂「做一嘴好事」的態度。

一種是「潛意識」的學習，

往往是「做到但不知道」的情境，

是一種所謂「自然有成就」的態度。

在生命中妳「知道」多少，

真得不是很重要的一件事，

重要的反而是，

在妳身上真正「做到」的多少。

妳的學習還只是在，

累積更多的知道呢？

還是已經在告訴自己，

開始真正為自己做些什麼了呢？

用心參生活，才是真學習

生命的學習就是用心去「參」妳的生活，
努力讓妳的每一天都過得值得「感動」。

真正的學習是在妳的生活中去參悟，
而不只是妳專業知識與技能的累積。

同時要試著讓妳的每一天生活，
都過得非常值得去回憶與感動；
因為還有著這一份感動的觸發，
讓生命的學習從此不會再停歇。

要捕捉稍縱即逝的感動

生命的目的，在幻化出多采多姿的組合；

生活的意義，在捕捉住稍縱即逝的感動。

生命點滴的啟發，生活分秒的感動，

都是我們「生命拼圖」中的一小塊，

都將使我們的自身更為完整與真實。

生命的歷程就像進行一場拼圖的過程，

每一次的發生，都讓我們重新拼回一小塊圖片。

記得要不斷提醒自己：

要努力使每一天都過得值得回憶、值得感動。

007

眞正有效能的學習

在人身上真正有「效能」的學習是：

把妳看到、聽到、感覺到的，

全然寫下、說出、真正做到。

與其讓我們的學生、孩子記得更多，

倒不如教會她們如何做好效能轉換。

如果我們只教會她們去記得更多知識，

但卻無法讓她們能夠去應用所學知識，

她們身上的學習是談不上真正效能的。

我們談的是學習的效能，不是談論效率，

往往我們在一味追求效率的生活過程中，

生命品質與問題的解決並沒有獲得改善。

試著問問妳自己：

妳的學習是效率？還是效能呢？

妳學習後只是記得更多東西，

還是已經可以應用所學了呢？

懂得及時珍惜、活在當下

現在援筆著墨的自己，

憶起竇梁賓「雨中賞牡丹」：

「東風未放曉泥乾，紅藥花開不耐寒；

待得天晴花已老，不如攜手雨中看。」的詩詞。

是詩中引發的這一份感動，

讓此刻寫作的我更加體認：

人應該及時珍惜當下一切。

因為我們身上的所有因緣，

最終都要學習好好地放下，

這亦是很艱難的人生功課。

學習到的瞭解是：

全然活在當下，

完成經歷體會，

找到喜悅之道。

選擇背後真正的看見

其實我們每一個「選擇」行為的背後，
都真實反映我們內心真正的「想要」。

因為還保有這份想要的心，
驅使我們不斷地「學習」，
以及學會如何去「放下」，
更懂得「珍惜」每一個生命中的遇見。

選擇背後真正的看見是：
學習如何好好放下，
並且懂得珍惜遇見的每一個因緣。

眞正的學習是用心生活

真正的學習是用心生活，
上課學習只是瞭解而已。

學習不錯過自己的生活，
走路、吃飯都是在學習。
要學習如何能跟別人在一起，
要學習別人如何聽？如何看？

從現在起，請告訴自己：
好好走路、好好吃飯，
細細去品味妳的生活。
生活才是妳真正且唯一的老師，
用心去生活才是妳真正的學習。

學習在緣分結束前放下

想想在妳生活中，

妳是放下？還是放棄呢？

或許很多時候，

我們只是「被迫放下」。

換句話來講，

很多時候我們其實是放棄，談不上放下。

記得在每一個緣分結束前，深切去學習到：

如何好好的放下，而不是被迫放下的放棄。

人生是一場動機的實驗

人生其實是一場動機的實驗，
我們帶著動機在經歷與修正，
現在的妳正在經歷些什麼呢？

人世間是我們動機的實驗室，
經歷不同的人生階段，
得到不同的人生結果。
當我們不滿意結果時，
就重新回來修正原來的動機。

往回頭看看妳這輩子經歷過些什麼？
最後身上的得到或許只是清醒而已。

妳擁有的，都會過去

在我們身上追求的背後是什麼呢？

是在生活中，想去「擁有」更多嗎？

但所有的擁有，最終「都會過去」。

要在生命中，瞭解到「享有」更多，

而身上的享有，必須「經歷一次」。

妳擁有再多的錢財，

離開人世時終究帶不走；

妳喜歡捨不下的親人，

她時間到時終究要離開。

但想想妳有真正去享有錢財或親情嗎？

其實往往追求的背後，

並不是拼命去擁有得更多，

我們要的只是自己身上的「感覺」而已。

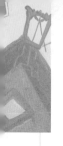

原諒別人，就是放過自己

生命的終極價值觀是：

「愛」、「關懷」、「原諒」。

原諒別人等於是放過自己，

妳現在願意放過自己了嗎？

當談論愛或關懷的學習，並不是太困難，

唯能否真正原諒別人，才是難以克服的。

不論如何，請記得利用妳的有生之年，

想辦法去原諒、去化解，

過往妳與別人的種種一切心結，

以求圓滿妳這一生的生命歷程與遇見。

有時那些所謂不可原諒的人，

往往是我們的親人或摯友，

想想當我們談要原諒別人時，

自己真得就一定沒有錯嗎？

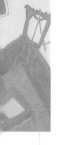

015

學習降低擁有，努力提昇享有

人生終極價值的目標是：

「降低」妳的「擁有」，

讓生活漸趨樸實，

最後發現「什麼都好」。

「提昇」妳的「享有」，

去追求生命卓越，

最終發現「還要更好」。

如此生命的深度與廣度從此不同了，

生命在經歷中自然被延展與拓寬了。

慢慢妳在面對生活的態度，

最終的努力，

還是要能轉變為：

物質上「什麼都好」，

精神上「還要更好」。

改變

苦的本質與看見

我們深層「人生觀」的瞭解是：

世界上的事情是「無常」、是容易變的，

這是「世界的本質」；

人世間的妳我是「執著」、是不想變的，

這是「人性的本質」。

一個不想改變的妳我，

活在一個隨時多變的世界，

妳認為會不會出問題呢？

答案當然是：「一定會」。

這些「問題」所呈現出來的現象，

在我們身上的感覺，

就是我們所感受到的「苦」。

生活中這些苦的結果，

亦只是在告訴妳跟我：

「原來我們真得要改變」。

017

原來必須改變的是自己

大多數的人專精於想要改變這個世界，

只有少數的人知道必須改變的是自己。

花了好長的一段時間，自己才發現：

原來人一輩子的想法是，

想盡一切方法去改變別人，

改變妳的孩子，

改變妳的另一半，

改變妳周遭的朋友，

結果得到的下場，往往是：「白忙一場」。

或許應該是將心力拉回到自己的身上，
由改變自己開始，進而再去影響別人，
甚至可用自己微小的力量去改變世界。

問題是：

如何才能夠真正學會改變自己呢？
這是一件很困難的人生必修課程，
亦是我們生命歷程中的真正學習。

018

生活夠苦，自然就會改變

人生的苦來自於：

一個執著自我不變的個人，

存在一個隨時易變的世界。

人生的「苦難」，

是要使妳察覺自己：

「原來必須要改變」；

要我們用學習的態度，

去面對生活中一切的磨考。

當我們還無法深切體認要改變自己時，
往往是因為我們的生活還「不夠苦」。
若有一天我們嚐到「夠苦」的日子時，
不用別人多說我們自然就會想去改變。

一輩子不懂得修正、不懂得改變的人，
苦日子的經歷與考驗會跟隨其一輩子，
只是人往往會情願用苦中作樂的態度，
來掩飾自己瞭解到真正要改變的事實。

019

懂得改變的人，一生平順

一個人面對生活會不會改變，

將使其人生有三種不同下場：

對於「不會改變」自己的人，

其人生的下場，就是「持續走下坡」；

對於「偶爾改變」自己的人，

其人生的下場，只是「無大好大壞」；

對於「懂得改變」自己的人，

其人生的下場，則是「持續向上昇」。

想想：

如果妳開著車子在山路上跑，

若是車子的方向盤不能轉打，

妳能平安順利到達目的地嗎？

答案當然是「無法」平安順利到達的。

妳做事的態度不是常常就是如此嗎？

完全不懂得去改變做事方式的下場，

就如同車子最終會撞山壁一樣的悲劇收場。

020

知道要改變，但未必會改變

當人瞭解改變的重要性之後，

通常問她要不要改變自己呢？

她都是堅決地說：「一定要」。

但知道自己「要改變」，

卻不見得「會改變」；

要不要改變往往是「環境」逼迫，

只能説是「緣分」而已；

會不會改變則需要「自己」願意，

是真正改變的「原因」。

在一個家庭中，如果有好幾位孩子，

子女從小成長的家庭環境相同，

意即每位孩子遇到的緣分相同，

但日後彼此的成就卻大不相同，

這是因為：

自己會不會改變的因子不同所導致。

老天不要理由，只要次數

支配我們生命的力量，

有時只要我們的次數，

根本不要我們的理由。

找理由只是讓我們停止反省，

只是讓我們無法繼續往前進。

我們的責任不是問老天為什麼會這樣？

也不是跟老天要一個理由來安慰自己。

我們真正在意的是：
要多快能讓我們可以再來一次，
而完全不去問理由的再來一次。

老天真正想要我們做到的：
只是我們重新再來的速度，
只是我們不怕失敗的次數。

難行能行，勝己者強

妳有多快可以讓自己再來一次，

就決定了妳這一生成就的高低。

誠如所謂：

「難行能行，勝己者強」的修養。

能征服自己的人，才是真正的強者。

記得每一次當妳遇到挫敗的時候，

要很快讓自己可以重新再來一次，

愈快能讓自己可以重新再來一次，

愈會累積出妳此生更不凡的成就。

謙卑是處上位者的良藥

處上位者學習的唯一智慧，是「謙卑」。

只有真正謙卑的人，才能不斷向上提昇。

老子是中國古代一位很有智慧的先知覺者，

懂得要世人以謙卑來化解向上提昇的困境。

真正謙卑的人懂得去仔細聆聽別人的需要，

也懂得隨時調整自己作為去配合別人需要，

因而才得以有機會能維持居上位者的要職。

謙卑是處上位者的唯一智慧，

愈是位居上位的人，愈是要懂得謙卑為懷。

擁有還不是，要享有

所謂「人生投資報酬率」的衡量，
就在享有與擁有的「相對比率」，
享有在分子，擁有在分母的位置。

有的人擁有很多，但享有卻很少，
這類型人是最不會投資人生的人。

試著問問妳自己：
妳是拼命去追求以想要擁有更多，
還是察覺要放慢去體會享有更多。

妳的人生投資報酬率表現績優嗎？

妳的生活是拼命擁有，還是放慢享有？

如果妳的人生投資報酬率很差，

請馬上反省調整妳的生活態度。

或許可以為自己砌一壺茶，

慢慢品味溢發的茶香，

幸福就是這麼簡單而已，

生命的享有就是如此容易。

025

努力不要還只是關心自己

為什麼我們還要繼續努力呢？

因為我們自己「還不是」啊？

所有的努力亦不過是在反映：

我們還只是想關心自己而已。

誠如在生活當中，

我們「想要」成為一個有用的人，

亦努力「學會」去成為有用的人；

但因為我們「還不是」有用的人，

所以目前努力的腳步還未能停歇。

靜下來想想自己，妳其實可以看見：

　妳生活與生命的學習歷程，

　由「要」、「會」與「是」，

　三個不同成長階段組構形成。

　要提醒自己所有努力的背後，

　不要還只是關心自己的需要。

026

妳是哪一種人

支配妳一生成就的大小，

有兩股不同的力量在拉扯：

第一股力量叫做「命」，是天生帶來的力量，

是人身上的「慣性」，是人身上的「想要」。

第二股力量叫做「運」，是後天形成的力量，

是人身上的「決定」，是人身上的「該要」。

兩股力量相互拉扯後，

就形成所謂的三種人：

第一種人叫「？」，看見自己「我怎麼這樣？」；

第二種人叫「。」，看見自己「我就是這樣。」；

第三種人叫「！」，看見自己「我不只這樣！」。

希望妳能夠當第三種人，

讓妳的家人與朋友驚訝、讚嘆，好嗎？

生命要能改變因果

生命如果只是在經歷而已，

只是了悟因緣，那還不是目的，

生命真正要的是改變因果，

目的是希望在這次終於完成了。

經歷不是目的，是要讓妳完成，

可以完成過去，得以圓滿未來，

最終，妳亦就不用再來人世間經歷了。

028

生命的慈、悲、喜、捨

生命的慈、悲、喜、捨，是：

「讓人快樂」，就是「慈」；

「同情別人」，就是「悲」；

「心無煩惱」，就是「喜」；

「分享所知」，就是「捨」。

生命中慈、悲、喜、捨的教導，

　讓妳我的生命得以圓滿，

　讓所有的心力情願付出，

是付出在助人與分享的行動中。

029

生命的戒、定、慧

生命的戒、定、慧，是：

「戒」，才能「不再重複發生」，

「定」，才能「不為發生反應」，

「慧」，才能「有不同的結果」。

生命中戒、定、慧的教導，

讓妳我的生命從此不同，

讓所有的心力無悔付出，

是投注在未來結果的行動中。

生命的信、願、行

生命的信、願、行，是：
「信」，才能「無所而不入」，
「願」，才能「接受而感謝」，
「行」，才能「付出而圓滿」。

生命中信、願、行的瞭解，
　讓妳我的生命得以揚昇，
　讓所有的心力完全付出，
是履行在付出圓滿的行動中。

031

帶更好的生命品質出去

我們大部分只活在看到「過程」，

卻找不到自己生命的出口、入口。

要努力找出妳生命的不同，

帶著更好的生命品質出去，

生命中不同的經歷與發生，

亦只是生命中的過程而已。

試著問問自己：

妳看見自己未來的樣子了嗎？

妳生命品質有更加提昇了嗎？

妳往往看到、煩惱的是過程，

但真正在乎的應該是結果，不是嗎？

妳看見自己生命未來的「結果」了嗎？

轉念

相同的事情，不同的看法

其實生活的本質都是相同的，

不同的僅是妳我詮譯的角度。

很多時候我們會發現：

生活的本質原是相同，不帶有色彩的，

只是人的認為與論斷，讓一切不同了。

我們凡事總要求得：對與錯、是與非，

而忘卻事情本來是無對錯、無是非的，

事情只是讓我們看見：

「原來是自己怎麼了？」。

033

計較與精明，都是無知

世上真正的貧窮，是「計較」；

人間最大的愚蠢，是「精明」。

這真是句再好不過的處世箴言。

瞭解就是因為那份不計較的慈心，

讓我們成為世界上最為富有的人。

瞭解就是因為那份不精明的願力，

讓我們成為世界上最有智慧的人。

如何在生活中學習不計較、不精明，

是人生一項很大的自我挑戰與功課。

要負責讓結果變好

生命偉大的教導是：

我們可能無法阻止事情的發生，

但卻有責任讓事情的結果轉好。

我們在日常生活中或在工作職場上，

往往花費好多力氣去阻止事情的發生；

到頭來常常是人算不如天算的結局，

原來「發生」這件事是老天在負責的。

我們身上真正的責任是：

當我們看見事情一旦發生以後，

只是想辦法讓事情的結果變好，

而不是一直追問為什麼會發生，

或是為了這個發生而大發脾氣。

035

用我們的對不足以承擔

剛卸下六年系主任行政的工作，

回想當初自己在做系務決策時，

難免會用自己的認為、用自己的對來判斷，

但事後卻發現未必有提昇組織效能的作用，

有時還反倒有差點誤事或傷害組織的可能。

此外，憶起當初與兩位系助理共事的期間，

往往會因系助理達不到自己的預期與要求，

而臉上不自覺顯露有所微詞與無奈的表情。

事後的我深切反省後，到現在才真正發現：

當我看見系助理的表現與自己預期有落差時，

其實我看見的應該是自己的責任而不是責難。

因此，行政工作給我最大的學習心得是：

　　用我們的對不足以承擔企業的永續；

　　要在別人的錯誤中看到自己的責任。

發生什麼事，眞得不重要

發生什麼事其實不是很重要，
重要的是妳如何想？如何做？

我們往往因為缺少這一層體認，
而將所有的精力拿來對抗發生，
結果把自己弄得全身被憊不堪。

當事情發生時，
追問再多的為什麼也都於事無補，
唯一該用心去面對及處理的是：
我們要如何去想？要如何去做？
才會有相對較圓滿的結果到來。

037

記得妳有選擇的權利

事情只要一發生就生氣，

結果都一樣，沒有不同。

發生什麼事其實真得不重要，

重要的是妳如何想？如何做？

亦就是記得妳有選擇的權利。

往往在日常的生活中，

我們不自覺就把選擇權交到別人的手上，

到頭來只會懊惱、後悔自己的無能，

請記得要在當下做出最適合的選擇。

038

不爲發生反應，只爲結果行動

記得現在妳有選擇的權利，

不要忘記：妳是職業的，不是業餘的。

唯一可以讓結果不同的人，

只有妳自己，沒有別人了。

要記得讓妳這一生，開始不同，

不為發生反應，只為結果行動。

以前在講台上，初任教職工作的我，

回想當初自己只是個「業餘」的老師，

很容易受到情境、受到學生表現好壞的影響，

而讓自己教學的氣氛與品質，

因為自己大發脾氣而打折扣。

現在在講台上，熱愛教職工作的我，

努力提醒自己該是個「職業」的老師，

不輕易受到情境、受到學生表現好壞的影響，

總是讓自己教學的氣氛與品質，

常常能維持一定的高水平演出。

原來生活中的智慧是：

所謂的「職業」選手，

是「常常都是」高水準的演出；

所謂的「業餘」選手，

是「偶爾一次」高水準的演出。

妳是職業的，還是業餘的選手呢？

面對恐懼缺的只是勇氣

當妳面對自己內心的恐懼時，

妳缺的不是準備而只是勇氣，

當妳面對恐懼才能克服恐懼。

在課堂上，每次希望學生舉手提問題時，

得到的結果，往往是全場一片靜默無聲，

學生總是不願意舉手發言，其理由總是：

「老師我怕自己準備得還不夠」，

所以不敢貿然舉手發言提問或表達意見。

其實學生真正遇到的是，自己內心的恐懼，

是怕自己的發言，得不到別人認同的眼光，

在學生身上缺少的只是勇氣，而不是準備。

　　除非自己願意真實面對恐懼，

　　妳才有機會克服內心的恐懼；

　　一旦內心的恐懼被克服之後，

　　亦就成為妳自己身上的經驗。

040

要攀登更高的心靈

如果妳生命中的雲層遮蔽了陽光，
那是因為妳的心靈飛得還不夠高；
大多數人犯的錯誤是去抗拒問題，
他們努力試圖去消滅那些的雲層。

其實正確的做法，往往是：
去發現那些可以使妳上升到雲層之上的途徑，
因為在那裡的天空，永遠會是潔淨與碧藍的。

041

眞得不關別人，好嗎？

當有人的談話令妳內心很難受時，
妳可以試著跟她說：
「妳的話令我很難過，但不關妳的事，
是我自己內在的修養還不夠，
請讓我一個人靜一下就好了」。

能夠做到如此心念的轉換，
我想應該不會有任何意氣用事的情況發生。
在家庭內或在戀愛中的雙方，
如果亦能有這一層的瞭解，
我們就不會去傷害我們疼惜的親人或友人。

042

家人才是妳生活的重心

其實生活中妳最希望陪在妳身邊的人，

往往都不是那些在生活中，

使妳感到很討厭的人。

原來：

家人才是妳生活的重心。

請妳不要再受到工作的同事，

或是妳生活周遭友人的影響，

因為妳真正在乎的是妳的家人，好嗎？

如果可以的話，

請妳多花點時間來陪伴家人，

不要讓自己到頭來，

發現有股「來不及」的遺憾。

能用「來不及」的態度來面對生活，

其實更能讓我們看清楚自己的內心，

相對地也更能看清楚家人的重要性。

043

讓自己定住，永不退轉

在生活中遇到令妳很不愉快的人與事，

亦只不過是在考驗妳：

還「是不是」、還「能不能」、還「有沒有」。

其實根本不是那個人或那件事，

而是自己的定力還「夠不夠」。

要努力找回我們內心那顆篤定的心，

努力讓自己持住、定住，永不退轉。

所以：

在生活中遇到的「問題」，等於是：

對自我的考驗，亦是對自我的檢視。

接受

044

忍受還不夠，要接受

「受」在我們身上的看見，

有四種不同的層次：

第一個層次，是「不受」，

對生活中所謂不公平的對待，絲毫不想接受。

第二個層次，是「忍受」，

對生活中所謂不得不的承擔，必須無奈接受。

第三個層次，是「接受」，

對生活中所謂發生的因緣，能夠轉念而完全接受。

第四個層次，是「享受」，

當發生能被自己完全接受，進而去情願付出時，

接受反倒是另一種生命的享受。

接受自己，是在還原自己

接受自己是此生的功課，亦是在還原自己；
具有接受別人幫忙的能耐，才有辦法助人。

能夠接受別人幫助的能耐，
就是我們自己生命的柔軟，
要感謝所有願意接受我們幫助的人，
因為幫助別人，亦就是在成就自己。

誠如所謂：
「我為人人，人人為我」的生活哲理。

046

發生是經驗，也是結果

總有一天，妳將會瞭解：

生活中「現在的發生」，謂之「緣」；

等於是「過去的經驗」，謂之「因」；

亦等於「未來的結果」，謂之「果」。

原來生活中，一切都是連續循環的，

生命到頭來，只是不同狀態的存在。

生命從來就沒有片刻消失過，

就像我們身處在大自然當中，

四季只是不同的交替輪轉著。

047

發生是用來成全的

有一天妳會自然發現：

所有發生的背後都有其道理存在；

這些發生都是用來成全妳自己的。

妳能夠虛心學習做到的是：

心平氣和去接受任何的發生，

不斷從中去覺察生活的教誨，

這原來是妳生命永續的喜悅。

我們往往花費好多的力氣，
想去極力避免事情的發生，
卻忘記「發生」這件事是老天管的，
我們其實是做不了主人的。

或許平心靜氣接受任何的發生，
這發生也許是老天最好的安排，
先不要用人的想法去論斷好壞，
也許是另一種超脫自在的禪悅。

048

逆境是來成就妳的

記得以前的自己抗壓能力比較差，

每當遇到不如意事總會感到挫敗，

腦中不時追問老天為何如此對待？

後來歷練些人與事之後才瞭解：

原來生活當中一切的發生，

不管是所謂的順境或逆境，

都是用來成就自己一生的。

都是來讓：

我們此生有機會開始不同的。

自己學習到的生命啟發是：

生活中的逆境是用來成就妳的，

讓妳此生有機會開始有所不同。

所以不要再問老天爺為什麼了？

只是讓自己還願意去做就是了。

049

得到的背後，是別人的成全

生命很美的感謝，在於發現：

自己所有的得到，背後都有人在成全。

這個發現讓自己不得不謙卑、

不得不感謝、也不得不慚愧。

當自己得到的愈多時，

亦只是在告訴自己：

背後的成全有多大。

自己個人所謂的成就，真的沒有太多的驕傲，

有的應該只是在自己身上，看見更多的感謝。

❧

050

生活其實是唯一的老師

人往往因為要更好，而不斷去尋訪所謂的明師，
這種不停外求的結果，反倒捨棄了內心的自省。

　生活其實是妳的全部，亦是妳唯一的老師。
　生命的智慧就在其中，它無私地任妳取用。

　記得要細心品味生活中發生的點滴，
　它都將啓發並且提昇妳生命的品質。

051

事情是人生的修練

事情其實是人生真正的修練。

要記得：

不管發生任何事，要負責讓結果變好。

當我們有了這一層的瞭解後，

自然不會去懼怕事情的到來，

反倒會用感恩的態度去迎接。

愈是遇見困難大的事情，

對我們的修練愈是真實，

解決問題的能力就愈大。

我們該有的生活態度是：

從今起不論發生任何事情，

只是心平氣和地完全接受，

然後負責讓結果，往好的方向去導引。

052

心靜、事淨

每當自己生活有點低潮時，
內心總會浮現一句話：
就是「心靜、事淨」的提醒。

當我們「接受」所有發生時，
內心很自然就會「定」下來，
然後心才會真正「靜」下來，
遇到的事情才會「淨」下來。

這一句話的法力真是無邊，
讓我在處理煩瑣的系所務行政工作時，
得以感受定力所帶來的巨大支持力量，
讓自己可以更順利去圓滿遇到的事情。

෴

品味來自平靜的生活

一個人要想有品味，

就要能夠靜得下來；

心一旦能夠靜下來，

感官才會逐漸敏銳。

當我們試著過平靜生活時，

或許一開始時會很不習慣，

甚至有些人很難跟自己和平相處。

一旦我們的心能夠靜下來的時候，

我們的感官會逐漸敏銳打開起來，

個人的品味亦會不自覺散發出來。

054

成熟是無須聲張的厚實

喜歡讀過余秋雨先生文章中的一段話：

成熟是一種明亮而不刺眼的光輝；

是一種終於停止向四周申訴求告的大氣；

是一種無須聲張的厚實。

這席話對自己是個很好的提醒：

每當生活中遇到不如意事、不公平對待時，

總會試著平心去接受、去感受，

而不是「不成熟」的四處訴苦。

身為一位機構的領導者或管理者，

更需要培養自己具備成熟的魅力。

055

用心接受就會有愛

受與愛兩個字的差別在於「心」，
用心去接受更大的苦難，就是愛，
苦難就是慈悲，因為妳承受過了。

接受不是壞事，但不要讓它白受，
要讓它變為妳身上未來的能與用，
幫助我們完成過去未完成的因緣。

056

接受自己是修行的起點

佛說一切不可說，

因為只有「這一步」；

修行是用來印證自己的路，

是來印證妳是否接受自己。

此生唯一的大事，

就是「接受自己」。

所有的征戰只是跟自己的征戰，

最終還是要能跟自己和平相處。

完全接受，只有感謝

妳生命的支點、重心，

只有現在、活在當下，

一直經歷到完成為止。

生命是在每一個當下，

完全接受，只有感謝；

情願付出，求得圓滿。

瞭解之前的自己，因為還「無法接受」，

心中總是「難以平靜」，更談不上懂得感謝。

瞭解之後的自己，懂得去「完全接受」，

內心只是「情願付出」，希望能夠求得圓滿。

交換

058

找到此生存在的價值

憶起課堂上學生曾問過自己的一個問題：

「人空空地來到人世間，最終亦將空空離開，

那麼我們所有的努力，是多或是少有何差別？

為何要如此辛苦？為何要如此拼命呢？」。

我的想法與體認是：

目前我們所擁有的一切，

都是我們自己換來的；

我們遭遇的事情有多難，

換來的能力就有多大。

期許自己用盡全力去跟此生交換，

　找到及肯定自己存在的價值，

　這亦是從事教職工作的自己，

　不斷在自己教職工作崗位上，

　想要去呈現出來的生命狀態。

不要計較，只是願意交換

智慧是苦過來的，而朋友是交換得來的；

大多數的人只願意計較，而不願做交換。

許多時候我們只是計較自己得到的多或少，

卻忘記其實計較得愈多，得到的反而愈少。

只要我們還願意去承擔、還願意去交換，

在辛苦的人生歷練當中，

智慧就在不斷地交換中增長；

而彼此誠心對待的朋友，

亦就是在過程中交換得來的。

060

學習不計較的心態

妳的生活會過得如何？就在於妳交換的能力；
妳是否願意吃虧、不計較，是件很大的學習。

往往愈「不計較」的個性，

愈會讓人具有高尚的人格，

愈會讓人具有堅毅的能力，

所謂「吃虧就是佔便宜」的智慧。

但要在生活中去實踐這一句話，

並不是一件很容易做到的事情，

反倒是一項生命中艱難的學習。

遇到事情就去換得能力

遇到的事情有多難，換得的能力就有多大，

事情原來是來成就我們自己的。

課堂上有位學生好奇問著我：

「老師，您能有目前的成就，

一定是從小家裡刻意栽培，

幫您安排好多的學習課程，是吧？」

聽完後我笑著回答：

「老師目前所擁有的一切，

都是別人在背後成全我的。」

當我長大後，

我才頓時更加感謝我的父母，

父親因為家中環境差，

只念到小學的學歷；

母親更是沒有受過教育，

除自己及親人名字外，

不識幾個大字，

但我一生的所有得到，

卻是兩位老人家背後毫無保留的成全。

記得小時候家裡經濟環境差，

父母忙於生計的張羅，

根本是完全無暇管教我，

更別說是刻意安排的學習課程。

但日後我才發覺：

原來這才是老天給我真正的禮物。

就因為父母完全沒時間管我，

所以養成我凡事自己來，

遇到事情與困難自己想辦法解決的能力。

當我們遇到的事情有多難，

身上換來的能力就有多大；

在我們身上的所有能力，

都是我們靠事情磨鍊得來的。

跟老天交換一生的能用

老天跟妳的交換，就是妳現在所換到的「能用」。

而人往往在一旦得到後，就不想再交換下去了；

最後妳會驚覺：

原來交換的背後並不是只為了想要得到，

而是想去發現這一生存在的價值與意義。

生命的教導真得好奇妙，

我們不斷地跟老天交換，取得身上的能力，

但最後妳仍會發現：能力亦只是一項工具。

最終還是不得不找到此生存在的價值與意義，

這才是妳交換的背後，生命真正的意涵所在。

要努力開發妳的樣子

妳的樣子等於帶給別人什麼感覺，
別人就像鏡子般反映出妳的樣子。
樣子其實是一門人生的必修課程，
請窮盡一生努力去開發妳的樣子。

　當妳的樣子能擁有得愈多，
　則妳愈能去影響更多的人，
　妳亦就愈能幫助更多的人。

064

發生讓妳有機會完成

上次事情發生所留下的結果，

就是現在妳內心遇到的感受；

而透過每次相遇的不同緣分，

讓妳有機會完成未完的事情。

在生命中所有發生的一切緣分，

沒有所謂的好壞、對錯的分別；

發生只是讓妳有再一次的機會，

去完成以前妳還未完成的事情。

對妳而言，發生只是接受，只有感謝。

065

活出自己想要的樣子

沒有一件事比成功更失敗。

很多時候，

我們只是活出別人要的樣子，

而不是我們自己想要的樣子。

記得我小時候是個很會察言觀色的孩子，

所以父母的處罰通常不會落在我的身上，

因為我總是知道父母要的我是什麼樣子。

但骨子裡自己的劣根性還是很頑強，
只是順著環境、活出別人要的樣子，
藉以求得偏安無事，求得平安度日。

多年後自己才發現：
當外在形成的環境不在時，
自己原來的樣子亦現身了。
沒有做錯過、失敗過的經驗，
如何能有把握擁有成功的未來，
成功原來是用失敗交換得來的。

066

溝通是多快可以變成別人

大部分的時候，我們總是抓著感覺不放，
而不願意成為對方，所以溝通能力不好。

妳身上所謂的溝通能力，
亦只是反映出：
妳有多快可以「放下自己，成為對方」。

所謂對人的關心：
只是「離開自己，成為別人」。

067

公司因為還被需要而存在

公司之所以還會永續存在，

往往不是因為老板有多好，

就只是因為公司還被需要。

企業很容易陷入追求的迷思：

追求企業領導者的卓越領航，

追求產品技術的創新與研發，

追求組織架構的革新與再造。

但卻忘記：

公司之所以能夠永續經營下去的真正原因，

是因為這家公司的存在還被社會大眾需要。

068

尋找人生存在的價值

人生就是要不停地交換，

最終換得此生存在的價值。

記得看過「狐狸吃葡萄」的故事，

狐狸為了鑽進葡萄園吃葡萄，

在園外連續餓三天以減肥身材，

瘦身成功始得以鑽進園內享用葡萄。

但飽食幾天之後，

又因身材回復圓胖，

不得不又在園內連餓三天，

才得以鑽出葡萄園回到外頭的自由世界。

由結果來看，這隻狐狸「好像」白忙一場，

但我相信這隻狐狸一定願意曾經走過這麼一趟，

就在這「一進一出」之間，

牠的生命「絕對不同」了。

往往我們在看待自己生命時，

或許該重視的不是「結果」，

而是生活中交換的「過程」。

在過程中不斷地給出別人的需要，

自己不停地經歷不同角色的扮演，

終於瞭解及肯定了自己存在的「價值」。

或許這一份存在價值的找到，

亦是全然盡力拿生命換得的。

個人生命的最後，終將回歸空無，

但我相信每個生命的歷程絕對不同。

想想，妳要拿生命換什麼呢？

妳是否擁有那隻嘗試進出葡萄園狐狸的精神呢？

修正

069

認錯才有機會做對

我們錯過這一次，下次還是會再做錯，

人如果沒有慚愧的心，還是會再做錯。

但請妳想想：我們為什麼一定要對呢？

其實我們一直在錯，只是「不承認」而已；

認錯才有機會開始修正，才有機會開始做對。

或許我們的一生，

就是要用所有的錯，

來換得此生一次的對，不是嗎？

070

承認拿取才有可能得到

當妳承認自己拿取時，妳才有可能真正的得到。
當妳得到很多滿足後，妳才會自然的回饋付出。

　　妳身上的習氣要斷絕是很困難的，
　　或許去斷絕它也是沒有必要的事；
　　只要讓習氣充分去經歷、去滿足，
　　妳自然會想要去做到回饋與付出。

　　　請記得提醒自己：
　　善用自己的「習氣」來修練，
　　可轉換成妳身上的「智慧」。

071

只要妳可以，一切就能夠

只有讓自己可以，妳才可以讓別人能夠。

生命的可貴，就在於瞭解：

「只要妳可以，一切就能夠」。

很多時候我們發現：

自己很難去影響別人，

往往是因為我們自己「還不可以」的原因。

如同身為父母的我們，

因為自己無法以身教的方式來帶領小孩，

還無法確實讓自己可以做得到，

所以我們的孩子亦不能夠做到。

想要讓「別人能夠」做到，

要先讓「自己可以」做到。

所謂「只要妳可以，一切就能夠」的生命學習。

072

成就是修正來的

我們這一生的成就其實是修正來的；
如果一生只是想要對，而不想要錯，
則原本錯誤的地方，永遠都會是錯。

想想在學校考卷發下來做訂正時，
若妳「只看妳寫對」答案的題目，
則妳寫錯的題目「永遠會再錯」。
所以只需要看錯誤的地方，
把錯的修正改對就可以了。

認錯才有機會修正

我們不可能用相同的自己，
卻想要能得到不同的未來；
錯才有機會讓我們修正自己，
我們亦才有不同未來的可能。

「承認」自己的錯誤，
妳才會去「修正」自己的錯誤；
就因為有錯誤發生，
妳亦才會有機會去修正自己，
讓自己有機會去做對。

分秒只要看錯，就對了

人往往一輩子就是要對，

所以一路表現得很執著，

一輩子還是原來的老樣子。

人其實每分秒只要看錯，

不要只是想要去追求對，

要看還有什麼地方沒做好。

要錯，是修正的開始

當妳開始認錯，才是修正的開始；
愈覺得自己對，就愈難修正自己。

不要再浪費時間在道理上，
在要對的追求上，
只是時時看看還有什麼地方，
「還沒做好」就對了。

失敗找藉口，成功找方法

人常常忍不住就要辯解、找藉口；

其實只是要妳願意認錯、找方法。

失敗的人找藉口，成功的人找方法。

當妳有了這一層的瞭解後，

每當自己犯錯時，總會提醒自己要先認錯，

然後沒有理由、沒有藉口地找方法來解決。

我發現：

其實這是一條最有效率的解決道途。

077

要對的動機，讓妳錯過很多

妳是想要對，還是想要錯？

就是這個內心動機的差別，

讓妳錯過修正自己的機會。

「想要對」的動機，會讓妳沒有效率，

要對妳的生命負責任，要會修正自己。

換言之，

只要看那裡沒有做好就對了。

修
正

078

永遠不要想對，就對了

人因為有想要對，有想要究竟的習性，

讓我們這輩子在理法上追得好辛苦，

好像小狗不斷圍繞在追自己的尾巴。

從現在起，妳可以告訴自己：

「永遠不要想對，就對了」。

這時妳對生命的態度，

就會完全柔軟、完全順服了。

079

世界測不準，但人修得到

這世界所展現的是，測不準的世界本質，
而要告訴我們的是，修得到的自性瞭解。

　　這是在圓桌經典講座的學習，
　　江老師透過談人的修正話題，
　　來闡述這世界測不準的本質，
　　但亦告訴學員修得到的瞭解。

　　　　凡事只要：
　「妳還願意修正，自然會修得到」。

080

回歸心性的眞實

不要還是停留在理法的追求與認為，
只是檢討每件事還有什麼要修正的。

用理法最終只會是沒道理、沒方法，
回歸心性才是生命返真的唯一方法。

試著讓自己生命遇見的每一件事情，
都是用來修正自己行為的大好機會，
如此遇見的每一件事都轉變為好事。

我們對自己生命的瞭解是：
生命是用真實經歷來建構完成的，
而不是用理法、用認為來堆砌的。

生命的可貴，亦就在於：
看看自己還有哪些地方要修正的。

付出

081

分享是付出的開始

開始去「學習分享」的契機，

是我第一次進入圓桌教育學苑課程的學習；

後來才深刻瞭解，分享原來是付出的開始，

自己的生命亦因學會去分享，而不斷開展。

原來生命的智慧是：

要親身「經歷」才能夠全部「擁有」，

要認真「體會」才可以真正「得到」，

要無私「分享」才夠格談及「付出」。

我們身上的瞭解是：

經歷是全部的擁有，
體會是真正的得到，
分享是付出的開始。

只是給出別人的需要

很多人一生努力專精於自己的得到，
卻忘記應該是願意給出別人的需要。

　生命中真正的得到是自然的，
　是因為無條件付出後的回饋，
　是因為願意給出別人的需要。

生活中只是願意給出別人的需要，

所有的得到，

自然會源源不絕回到自己的身上，

它是不用我們費力去專精算計的。

083

真正的付出是自然的

妳有無察覺到有些人的付出「好努力」，

好像在她身上要很用力才能有所做為；

其實真正的付出應該是不費力、

應該是自然的才對。

生活中的看見是：

付出其實不應該是一種努力，

反而應該是一種自然的回饋。

老子《道德經》將：

最後的到達稱為「無為」，

一切的過程謂之「有為」，

付出對我們來說，是由努力到達「自然」。

084

得到等於付出的多少

付出在我們的身上，有三種不同的層級：

第一個層級是：付出，但要拿錢；

第二個層級是：付出，但不拿錢；

第三個層級是：付出，但不為錢，不為自己。

妳大部分的付出，是在哪一個層級呢？

付出背後的真正動機，

決定妳這一生得到的多少。

妳所有的得到，

亦只是告訴妳付出的多與少而已。

當妳有所保留的付出時，

妳的得到亦會是有所保留的；

當妳毫無保留在付出時，

在妳身上的得到亦會是全部。

085

只要還願意付出，就會好

有很多人常常要想清楚後，
才考慮「是否付出」；
有些人不用想就願意付出，
只要「去做就對」了。

因為不管妳選擇要付出或選擇不要付出，
生命也就這樣過去了，那妳還在等什麼？
只要妳還願意付出，妳的生命就會好了。

記得要給出別人的需要

記得這輩子用自己所有的可以，
願意無私地去滿足別人的需要。

妳如果只是自私地想自己過得更好，
絲毫不去理會與關心別人的需要時，
自己走到最後會連一個朋友都沒有，
同時自己一點都不會覺得踏實快樂，
因為在妳內心深處是渴望去助人的。

087

圓滿所有發生的因緣

生命的很大學習是：

隨緣、惜緣、一切如願；

圓滿所有發生的一切因緣。

要很自然由我們口中講出「好」這個字，

一切的願意只求能夠做到「如人所願」，

是很大的生活學習，亦不太容易去做到。

在大部分的相處時間裡，

我們表現出「不好」的態度比較多，

比較會從自己的立場來想一件事情。

如此一來，煩惱當然亦就多起來了，

人凡事想到自己時，煩惱就會跑出來，

這其實是一件很麻煩的事情。

088

以萬物為師，來修平等心

我們身上的習氣無法斷絕，

它是我們最好的老師。

生命不要存有下一次的等待，

要以萬物為師來修練平等心。

但修行不要只是為自己，

而是要為服務眾生而修，

去滋養妳身上的慈悲心。

宗教總希望我們能去除身上的習氣，
但想要斷絕身上的習氣談何容易呢？
　　習氣其實是：
　　我們的一項工具，
　　　亦是一位很好的老師。

讓習氣充分經歷，才有機會瞭解，
最後亦才能成為我們身上的智慧。
　　請記得要以萬物為師的瞭解，
　　來修練我們身上的平等對待。

089

太貪圖付出，會令人受不住

談付出這件事千萬不能夠太貪心，
否則別人會受不住，也承受不起。

觀察在妳身邊是否有些人，
做事好急切，亦好「貪圖」功德，
這樣做其實是很不適當的，
會讓別人受不住，亦會承受不起。
有時反倒會阻礙別人為善的契機，
因此當我們在談付出時不可貪多。

Q90

活妳未來的樣子

人生其實是一個不斷去除自我的過程，
經歷到最後，生命剩下的唯一動機是：
　　願意「學習」並能「修正」，
　　希望「助人」且能「付出」。

　　只要願意修正就「會好」，
　　只要願意助人就「會成」。

學習助人是真理，是最後的圓滿，
是經歷後的清醒，是未來的樣子。

091

德與智的成全與到達

願意「成為」別人的需要，是「德」，

「給出」別人真正的需要，是「智」。

感謝這個世界的存在，

讓我們還有機會可以學習付出。

德與智的成全與到達，

是在自己不斷付出的過程當中學習得到的，

透過自己成為與給出別人的需要來完成的。

Q92

全然活在當下，才會過去

全然地活在當下每一個發生的緣分，

才是讓這個緣分真正過去的唯一方法。

今天在學校整理一天的辦公室，

只因我六年系主任的行政工作，

即將於七月三十一日屆滿兩任，

必須將辦公室清理出來給下一位主任使用。

幸虧有多位實務專題指導學生的協助，

讓我可以省些時間與體力，真是感謝。

付
出

159

待辦公室清理差不多的時候，

整個人攤坐在熟悉的辦公椅上，

環視周遭的一景一物，

許多的回憶湧上心頭，

但是我發覺自己沒有太多的感傷，

反倒有說不出來的輕鬆。

其實對我個人而言，

卸下行政職務沒有太多的不適應，

這真是一件好事。

代表在角色轉換上，

「我是」而且「我能」自然面對，

唯心中又想念起往生多年的母親。

我時常在想一件事情：

人為何會在經過許多年後，

仍然念念不忘某些事情。

或許是初戀情人，或許是往生的親人，

甚至是令妳痛苦萬分的某個人？

就像我自己常會想念起我的母親。

也許是因為在過往相處的時光中，

自己並「未盡全力」，因此心中留有些遺憾；

誠如我的內心，

時常掛著當初未能克盡為人子女的孝心。

總覺得自己做得還不夠好，

所以每當某些場景出現時，

這些潛藏的念頭就會浮現。

今天我們努力在每個發生的緣分中，

無條件地全然投入當下，

或許就是不想為自己留下遺憾，

希望這件事或這個人可以「真正過去」。

在系主任這份職務上，

我想我應該是盡全力了、也做夠了，

因此沒有留下太多的缺憾。

不會告訴自己說：

「如果可以重來的話，我會如何做、

如何把系主任這個角色扮演得更好！」。

我常告訴自己：

人生不可能重新來過，

所以我要用盡全力去生活、去付出。

目的就是不想讓自己有所遺憾，

我想這是我一生努力的一條路，

期許自己能真正跨過生活中每一個發生的因緣。

願意

093

孤單，但不遲疑的願意

今晚下課後，開車回家的路途中，

窗外的夜景，格外吸引我的注目；

　或許是因為整整忙了一天，

　竟亦清楚看見自己的孤單。

　但我發現在疲憊的身心裡，

　內心卻湧現出滿溢的喜悅，

感動之際，淚水不禁奪眶而出。

終於人生不再是無意義的重複，

在事情背後那一份願意的修練，

讓我重新燃起生命存在的價值。

我很清楚現在自己身上的那一份願意，

是因為自己可以助人，有機會可以付出，

生命的品質亦在不斷的願意中得以提昇。

生命的柔軟，是還願意嗎？

我們所謂的生命「柔軟度」，
就只是我們是否「還願意」。

或許在經過一次、兩次挫敗與喪志後，
我們還可以挺得過去、可以重新再來；
一旦挫敗多次後，或是在毫無所得後，
如果我們還願意「再來一次」，
這才是生命真正所謂的「柔軟」。

一個自我愈大、自尊愈強的人，
生命缺少的往往就是這份柔軟。

095

無條件的學習

所謂「無條件」的學習，

就只是生命當中的：

「願意成為、願意做到」。

當我們帶著有條件的態度來學習時，

我們身上的成為也將會是有條件的，

我們生命的得到，亦將是不完整的。

想要有一個完整的生命狀態，

就要懂得用無條件的學習，才會到達。

一生能讓多少人如願

生命的柔軟等於「我願意」；

在於我們能征服自己多少次，

亦在於一生能讓多少人如願。

「讓人如願」是門很難修的功課，

每當我們願意給出別人的需要時，

如果還得到周遭人的嘲諷與誤解，

妳還願意繼續付出嗎？

妳的生命還夠柔軟嗎？

其實我們真正要征服的是自己。

我們努力在生活中去讓人如願，

亦等於在養成自己生命的柔軟，

亦等於在不停歇地做自我超越。

　　我們可以征服百嶽、高峰，

　　但最後生命真正要去征服的，

亦是最困難的，就是自己的這座山。

做到會為止，人生予取予求

一個願意「做到會為止」的人，

她的人生會讓她「予取予求」。

這亦是我們可以在孩子身上觀察到的學習。

孩子可以重複無數次的練習，

直到會了才停止玩。

大人往往在練習幾次失敗後，

就放棄不要繼續了。

孩子在過程中沒有太多的質疑，

有的只是不問理由的次數而已。

大人卻相反，針對失敗與放棄，

總有說不完的幾套理由與藉口。

誠如先前分享過的學習心得：

老天不要我們的理由，

只要我們的次數，「去做就對了」。

用自己的願意，才過得去

所有的努力也只是，
為了克服自己的不願意、懈怠、懶惰。
所有的方法與理由都會過不去，
只有用自己的願意才可以過得去。

那份自己身上「願意」的修練，
會讓自我逐漸一點一滴被去除。
生命到了最後，「我不見了」，
只是看見自己身上的那份願意，
只是看見自己無私的願意付出。

瞭解是放下所有的認為

生活中我們只需要去瞭解、不要論斷；

只是説好、説瞭解，每分秒就圓滿了。

所謂的「瞭解」，

就是「放下所有的認為」。

這時每一分秒，只是用來瞭解而已。

從現在開始放下我們的認為，

只是做個具瞭解性的人而已，

只是願意再看一看還有哪些不圓滿，

需要我們去修正、去做好來的地方。

學會說：好、我來、我願意

兩年多以來，在自己身上學習的功課，

我把它簡稱為：「修行三部曲」。

這修行的三部曲就是：

首部曲是「好」；

二部曲是「我來」；

三部曲是「我願意」。

修行三部曲在生活中的實踐是：

要讓自己容易説「好」，

願意隨時給出別人的需要。

要使自己勇於承擔説「我來」，

願意真實看到組織的需要。

要帶自己到位，要會説「我願意」，

願意無條件學習，活出生命的能用。

101

用臣服，來降服自己

用全部的生命來面對不確定，
只要遇到人就願意成全他人。
想想：
是什麼讓妳降服、臣服的呢？

沒有臣服的力量，是沒有辦法降服；
臣服是「無我」，
降服是用「自我來面對自我」。

所以，在自己身上瞭解到的是：

「用臣服，來降服自己」。

先用自我來面對自我；

最終，那個我也會不見了。

用不願意，來修願意

生命最大的喜悅是：

「超越」自己的不願意，

變成真心的願意、只是想為別人。

人是用「不願意」來修「願意」，

願意無條件的不斷付出。

這份自己身上願意的修練，

是一件困難但需要的功課。

103

成為具瞭解性的人

我們很大的努力是：

成為一個具有瞭解性的人，

不要論斷，不要認為，只要瞭解。

生活中我們用了太多的「認為」，

去論斷生活周遭一切的「發生」，

結果是活在「過去的」經驗世界，

而無法活在「當下的」生命覺察。

成為無條件願意的人

人的「成為」是沒有為什麼？

因為我有自己，願意再做一次；

因為我是別人，所以完全接受。

我的存在是成為：

「無條件願意的人」。

生命的最後，只是感同身受，

沒有自我、合一了。

生命經歷的最後到達，

是與萬物合一，

誠如所謂的「天人合一」的領受。

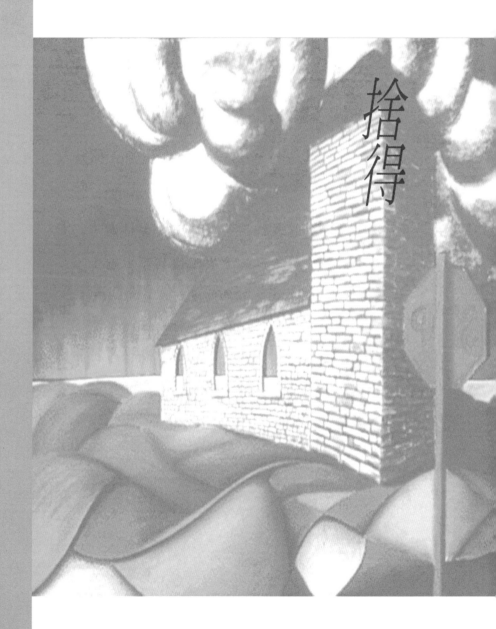

捨得

105

失去才會眞正得到

在我們的生活中，往往是：

因為妳「不能失去」什麼，

所以妳「不能得到」什麼。

想想或許因為妳曾經失去婚姻，

所以後來妳才真正得到了婚姻；

或許就是因為妳曾經失去健康，

所以現在的妳才真正擁有健康。

一切的得到，總是在失去之後，

到頭來才會真正的瞭解與珍惜。

106

去除患得患失的心態

我們所做的一切努力，

不是從「付出」開始的，

而是從「得失」開始的。

生活中有想要得到的，

生命中有不能失去的，

所以這輩子會更拼命。

我們每天抓著「得」與「失」不放，

連睡覺都無法放下，

無法安心入眠，何苦呢？

其實有時候「失去」，

亦是另一種「得到」，不是嗎？

107

先學會可以失去

沒有其他的方法可使用了，

在妳身上瞭解有捨才有得，

除非先付出才會真正得到。

尤其是在商場上的生意人，

如果一開始就想賺取別人口袋的錢，

這個生意終究難逃失敗的命運。

不要一開始就算計要賺對方多少利潤，

要注意對方真正的需要在哪？是什麼？

　　有時候賠本的生意，

　　反而帶進往後更大的商機，

　　想要學做生意的人，

　　要先學會可以失去的氣度。

失去一切，亦得到一切

沒有捨不得、放不下的，

妳就一定可以。

最後妳會發現：

「原來捨不得，等於得不到」。

在我們身上還存在著許多的「不可以」，

只因為我們至今仍有許多的「捨不得」。

因我們還帶著這一份的執著與堅持，

讓我們到現在依然還是「得不到」。

有時候當我們以為失去一切時，

或許正是我們得到一切的開始。

當一個人沒有什麼捨不得、放不下的，

妳認為還有什麼她不可以的呢？

109

愈是珍貴，愈是得不到

因為我們不能夠沒有情愛的擁抱，

所以我們還未能真正得到過情愛，

或是我們好像只是擁有了情愛，

但卻尚未真正享有過情愛所帶來的感覺。

老天的安排真是發人省思：

妳認為愈重要、愈珍貴的東西，

就是妳到現在還得不到的東西。

想想目前妳最珍貴、放不下的東西是什麼？

它是不是妳目前還在追求，想去擁有的東西。

願意捨的樣子，是微笑的

大家都清楚得失終究會是一場空，

但奇怪的是：

大家還是患得患失。

在日常生活中，遇見的人臉上有三種樣子：

患「得」的樣子，看起來很「辛苦」，

患「失」的樣子，看起來很「痛苦」，

只有願意「捨」的樣子，才是「微笑」的臉孔。

111

追求心與境的圓融

我們一輩子在追求「效率」，

例如：想要更有錢、更大的事業；

想要速度更快、品質能夠更好。

或許我們一生真正努力的原點，

是追求自己身上心與境的圓融。

這是學習「效能」的尋求，

「心境圓融」，人亦就好了，

如願了，心境之間不再有距離了。

關係不是用來得到的

所謂生活的品質，

亦就是「關係的狀態」；

關係是用來「修行」的，

不是用它來「得到」的。

每個遇見的緣分都是善緣，

如果緣分只是用來得到，則到處是惡緣。

不要在關係中拿取，只是珍惜妳的緣分。

全然投入當下，沒有下一步

在課堂上，我問學生一個問題：

如果這次考試是妳唯一不被當掉的機會，

妳會不會用盡全部的心力去準備好應試？

答案當然是：「會」。

學生平時對考試的認知是：

如果這一次考不好「沒關係」，

下一次再考好補救回來就好了，

所以往往反而是不知覺被當掉。

想想我們自己對生命，

不也是如此的態度嗎？

因為以為還有下一步可退，

所以這一步走得並不全然，

生命更談不上所謂的警覺。

　原來我們對生命的警覺，

　是因為我們終於瞭解：

要在生命中全然投入當下，

只有這一步，沒有下一步，

誠如所謂「生命的警覺」。

114

生命就靠這一步

真正的悟一定要能圓證，

要能用自己一生去證明；

生命的狀態不是「記得」，

而是要靠「這一步」，

這是「生命的警覺」。

人走得每一步，都是唯一的，

要珍惜每一分秒的足下風光，

因為它是妳唯一的這一步。

115

到頭來的獨身是事實

每當妳看著美好夜景時，

會不會看到自己的寂寞；

面對此生妳是單獨一個人，

這其實亦是不爭的事實。

當妳無法面對這事實時，靈魂是會哀傷的，

而且會藉著不斷抓取，來否認獨身的事實。

自己終究只是單獨一個人，

但我們卻想藉著每一次的移動，

來轉移或填補內心的空虛。

116

看輕自己，看重別人

我們只要一有煩惱，

就出來關心別人，

也就沒有煩惱了；

因為注意力不在自己身上了。

知道自己在助人，

還只是自我的努力；

真正的助人，

自己是完全不會知道的。

當「第一念」全部不在自己身上時，

會瞭解：

「失去一切，同時也得到一切」。

生命最終會失去最愛，

但是否生命還會揚起？

試著在日常生活當中，

看輕自己，看重別人，

把自己放在別人下面，

以遇到的每個人為重。

智慧

智慧，是永遠適合

在人生歷練多年後，我才真正發現：

原來母親是多麼有智慧的長輩，

雖然她沒唸過書，沒接受過學校教育，

但總是知道如何做到送往迎來，

充分展現出高度圓融的待人處世智慧。

想想我自己即使唸完了博士，

也可能只在某專業領域適合，

在其它場合可能一點都不合宜得體。

也許做事不合宜，或許講話不得體，

真正的智慧並不由學歷高低來衡量。

所謂的「智慧」，就是學會：

不管在什麼環境、遇到什麼樣的人，

在每個場合都可以讓自己「永遠適合」。

我，是沒智慧

人所有的「想」都是因為「不瞭解」，

人所有的「認為」讓我們「不適合」。

後來最終會發現：

原來「我」，是「沒智慧」的。

在智慧的追求道途上，

對「我」的堅持，

原來是最大的障礙。

因為還不瞭解，

所以不斷地自我思考；

因為還不適合，

所以堅持自己的認為。

無我，才是智慧

我是沒智慧，「無我」才是智慧；
瞭解沒有一種認為永遠是適合的。
放下認為才提得起，亦才會適合，
放下身上的認為，是智慧的到達。

我們所處的環境每天都在改變，
今天認為很適合的，
明天或許不適合了；
今天認為有道理的，
明天或許沒道理了。

這些身上所謂的認為與瞭解，
　把我們壓得非常沉重，
　讓我們無法振翅高飛。

放下身上所有的認為與瞭解，
就是放下這個「我」的堅持，
而無我才是永遠適合的智慧。

120

眞正的智慧

真正的智慧，是要做到：

能看透一切，

能突破一切，

能看淡臉色，

能聽淡聲音。

智慧就是不論如何：永遠適合。

智慧就在於：

這一看一聽間的圓融轉換。

121

大智若愚的眞智慧

所謂「大智若愚」的人，

就是瞭解到人「不用對了」。

只是看看還有什麼可以做的？

終於可以找到內心的平靜，

終於可以跟自己和平相處。

　　　　願自己：

可以永遠做個傻傻願意的耕耘者。

122

自然會好的智慧

生命的深自覺悟是：

在「做事」方面，做到「無我為人」，

在「為人」方面，能夠「感同身受」，

最後以假修真，亦只是：

我認真、我自然、我有、我是。

這輩子的努力就是：

「要跟自己完全沒有距離了」。

記得去年暑假跟大三學生去澎湖畢業旅行，

在吉貝海灘的夜晚，大夥放天燈寫著祝福，

我亦應著學生要求，寫下我的祝福語：

我寫了「自然會好」四個大字。

期許在場的每一位同學，能夠真正體認到：

只要能讓自己愈來愈「自然」，一切就「會好」。

對，只是暫時的適合

沒有一種認為是對的，

因為這世界時時在變。

人世間的對與錯，

是人想出來的，叫做無聊；

所謂的「對」，

亦只是「暫時的適合」，

因為過一陣子也許就不適合了。

124

理法的追求不是究竟

人總愛在理法上不斷地追求，

或許亦只是學習到：

另一種所謂「更為高明」的認為與瞭解。

或許亦只是讓我們：

可以較久一些才會感到「又不適合」了。

其實在生活中只有：

我們需要去付出、需要再去努力的，

沒有那些所謂的認為、所謂的想法。

所以對於理法的追求，

不是我們人生的究竟。

懂得放下的智慧

成功的人未必能有智慧，

有智慧的人懂得要放下；

放下不是沒有成就，而是圓滿的達成。

要放下則要靠不斷地去除自我，

在付出且助人的過程當中，

學習放下背負許久的自我。

這層瞭解道破成功與智慧的界分，

成功的人往往是帶著太多的認為；

而智慧的人知道放下所有的論斷，

只是在過程中去調整以圓滿達成。

126

活出自性，不要活出自我

「我」好執著、好堅持，

連「我是誰」都不知道，

那妳還堅持什麼呢？

真正的妳是一塊「白板」，

是妳本來的面目，亦是妳的自性，

要明心見性、活出自性，而不要活出自我。

「我」是來到這世間的「功課」，

「我」亦是一個學習的「工具」。

這工具很好用，讓妳具有智慧，

讓妳可以成為，讓妳可以適合。

127

記得「妳是誰？」

所有的理法都只是在玩弄，
在更換不同色紙的遊戲。
真正的到達是：
瞭解妳是白板，不是色紙。

只有自己不斷擴大白板，
才可以承載所有的色紙。

想想：「妳是誰」呢？

記得：妳是白板，不是色紙，

去除所有的「妳是」、「妳有」之後，

就只剩什麼「都不是」，

什麼「都可以是」的白板了。

白板只是用來承載，

而不是用來成為的。

128

智慧的道途

智慧如何才能到達呢？
只是「信」到「不講理」，
藉由內心信念來到達。
只是「悟」到「不知道」，
終於看見自己怎麼了。

完全不講理、不知道，
都適合了、也都放下了。

最後不用講道理了，

也不用再去知道了。

只是願意無條件付出，就對了；

這亦就是「智慧」到達的唯一途徑。

國家圖書館出版品預行編目資料

當生命遇見時 : 一次生命成長的邀請 =
When Life has Met : One Invocation of
Life's Growth / 楊政學著. -- 初版.
-- 臺北市 : 揚智文化，2006[民95]
面 ； 公分

ISBN 957-818-781-5(平裝)

855   95003447

當生命遇見時：一次生命成長的邀請

作   者☞ 楊政學

出 版 者☞ 揚智文化事業股份有限公司

發 行 人☞ 葉忠賢

總 編 輯☞ 林新倫

執行編輯☞ 黃美雯

地   址☞ 台北市新生南路三段 88 號 5 樓之 6

電   話☞ （02）23660309

傳   真☞ （02）23660310

劃撥帳號☞ 19735365   戶名：葉忠賢

法律顧問☞ 北辰著作權事務所　蕭雄淋律師

印   刷☞ 大象彩色印刷製版股份有限公司

初版一刷☞ 2006 年 4 月

I S B N☞ 957-818-781-5

定   價☞ 新台幣 280 元

E-mail☞ service@ycrc.com.tw

網   址☞ http://www.ycrc.com.tw